ARREBATADA

ANNA ZAIRES

♠ Mozaika Publications ♠

Publicado por Mozaika Publications, uma impressão de Mozaika LLC.

www.mozaikallc.com

Capa: Najla Qamber Designs/

www.najlaqamberdesigns.com

Título original: *Swept Away – A Krinar Story*

Tradução: D. Dias

Preparação de Texto: Vania Nunes

Zaires, Anna

Arrebatada, de Anna Zaires. Tradução: D. Dias. 1ª edição. Rio de Janeiro, BR. Independente, 2019.

e-ISBN: 978-1-63142-480-9

ISBN da versão impressa: 978-1-63142-481-6

CAPÍTULO UM

Grécia, Terceiro Século A.C., 2293 Anos Antes da Invasão Krinar

Com o coração acelerado, Delia observou o deus nu emergir do mar. Gotas de água brilhavam em sua pele bronzeada, e seus poderosos músculos flexionavam enquanto ele saía das águas, imune às violentas ondas que batiam na praia. Era como se a tempestade não significasse nada para ele, como se o próprio mar fosse seu domínio.

Ele era Posseidon? Delia nunca acreditou que os deuses eram de carne e sangue, como nas histórias, mas ela sabia que o estranho não poderia ser um homem mortal. A tempestade estava furiosa, o vento uivando fora de seu abrigo rochoso, mas as ondas mais fortes não pareciam movê-lo de seu caminho. Ignorando o impacto das ondas mortais, ele caminhou até a faixa seca da praia abaixo do penhasco dela e parou, erguendo a mão para empurrar o cabelo preto grudado na testa.

Ao fazê-lo, ele inclinou a cabeça para trás e Delia

viu seu rosto. Sua respiração ficou presa na garganta e quaisquer dúvidas que ela tivesse sobre as origens dele desapareceram.

O estranho era desumanamente belo. Mesmo com as nuvens escurecendo o céu da manhã, ela podia ver a impecável simetria de suas feições. Sua mandíbula era forte, seus lábios sensualmente curvados e suas maçãs do rosto altas e nobres. Era como se a mão firme de um artista tivesse moldado seu rosto, não deixando espaço para a natureza adicionar suas imperfeições.

Com olhos sombrios e penetrantes, sobrancelhas negras retas e os ombros largos de um guerreiro, o estranho fazia os homens mais bonitos da aldeia de Delia parecerem leprosos.

Um trovão a surpreendeu, fazendo-a pular em sua pequena e apertada caverna. O homem do lado de fora, no entanto, permaneceu calmo, virando-se para olhar o mar revolto com o que parecia ser mais por interesse do que preocupação. Delia seguiu seu olhar e viu algo prateado brilhando na água.

Um barco? Vários navios, talvez? O objeto era certamente grande, talvez até grande demais, dado o quão visível era de longe. Foi de lá que veio o homem divino? Daquela misteriosa coisa prateada?

O trovão ressonou novamente e, com um relâmpago, os céus se abriram, pingos grossos de chuva caindo com força selvagem. Delia se afundou mais em sua caverna estreita, mas era pequena demais para abrigá-la completamente, e gotas geladas passavam por sua pele. Abaixo dela, o mar agitava-se com mais força, as ondas ficando mais altas a cada momento e ela lutou contra o desejo de gritar para o estranho, avisá-lo para alcançar um lugar mais alto. Ela podia ver as ondas subindo à distância; seriam mais altas que dois homens quando chegassem à praia, e a estreita faixa de terra onde o homem estava parado seria completamente engolida pelo mar.

Na verdade, ela percebeu com crescente pavor, sua pequena caverna no topo do penhasco poderia também não ser segura. Quando ela se abrigou lá uma hora atrás, não tinha imaginado que a tempestade se tornaria tão violenta. Se as ondas que se aproximavam da costa fossem tão altas quanto ela temia, poderiam alcançar o topo do penhasco. Ela nunca havia testemunhado o mar indo tão alto, mas os velhos pescadores haviam contado histórias sobre a subida das águas, e ela não podia correr o risco de serem verdadeiras.

Chegando a uma decisão, Delia saiu da caverna para a borda rochosa. Instantaneamente, a chuva encharcou seu vestido, e uma rajada de vento quase a jogou para longe.

Ofegando, ela conseguiu virar-se. Apoiando-se contra o vento, ela começou a subir, determinada a se afastar da fúria do mar. Sabia que o estranho estava em algum lugar abaixo dela, mas não ousou olhar para baixo. A chuva estava cegando-a. Mesmo com relâmpagos a cada poucos segundos, ela não conseguia enxergar mais do que a distância de um braço à sua frente, e seus pés descalços continuavam escorregando nas pedras molhadas, o vestido encharcado enroscando-se nas pernas enquanto ela subia cada vez mais desesperada.

Só um pouco mais, ela disse a si mesma. Mais um pouco, outro impulso e ela estaria no topo, em terreno plano. Com relâmpagos em toda parte, estava longe de ser seguro, Delia se escondera na caverna por uma razão, mas era um risco menor do que se afogar naquele lugar. Apertando os olhos contra a chuva, ela alcançou um arbusto acima, mas ao invés de rocha fria, seus dedos encontraram algo quente – algo que enrolou em torno de sua palma com uma força inacreditável.

A mão de um homem.

Ofegando, Delia abriu os olhos ainda mais e, apesar do embaçado da chuva que fazia seus olhos doerem, viu o estranho da praia olhando para ela.

De alguma forma, o deus subiu no penhasco e estava segurando sua mão.

CAPÍTULO DOIS

A garota humana parecia tão chocada ao ver Arus acima dela que congelou, parando sua escalada por um momento. Abaixo dela, uma onda gigante bateu no penhasco, borrifando os dois com água salgada. Havia uma onda ainda maior atrás daquela, então, Arus se abaixou e agarrou o outro braço da garota com a mão livre.

— A água vai chegar até aqui — Explicou ele no idioma dela, puxando-a para cima enquanto se levantava. A onda ainda estava se formando, então, ele colocou a garota nos braços e saltou para trás mais de três metros, segurando-a firmemente contra o peito. Um momento depois, a onda atingiu o topo do penhasco e se derramou, a água girando ao redor de seus tornozelos antes de voltar para o mar. Se a garota ainda estivesse pendurada no penhasco, teria sido levada, possivelmente fazendo com que ela se afogasse.

Arus não tinha certeza do último resultado, mas pelo que ele vira da espécie dela, seria totalmente provável.

Apesar de se parecer bastante com os Krinars, os humanos eram fracos e desajeitados, incapazes de lidar com os desafios mais básicos de seu planeta.

A garota começou a lutar e Arus percebeu que ainda a segurava contra o peito. Ele afrouxou o aperto o suficiente para ter certeza de que ela pudesse respirar, mas não a colocou no chão. Em vez disso, ele a estudou, notando seus grandes olhos castanhos e sua pele lisa e bronzeada. Ela era jovem; ele supôs que sua idade estivesse em algum lugar entre o final da adolescência ou o início dos vinte anos. Com seus cabelos escuros e corpo esbelto, ela quase podia se passar por uma mulher Krinar – exceto que suas feições eram muito irregulares para serem projetadas em um laboratório. Seu rosto tinha a forma de coração, com uma testa muito larga e uma boca delicada demais para a verdadeira beleza. Ainda assim, ela era singularmente bela.

Tão bela que seu pau se remexeu, alheio à água fria que jorrava do céu.

Como se sentisse seus pensamentos, a garota redobrou seus esforços para se libertar. — Por favor, me solta. — Sua voz tinha uma nota de medo, e suas pequenas mãos empurravam seu peito, suas palmas deslizando na pele molhada dele.

Em choque, Arus sentiu o calor percorrer sua espinha ao toque dela, e sua respiração acelerou.

Ele estava sentindo tesão por uma garota humana com medo e molhada.

Antes que ele pudesse decidir o que fazer a respeito, ele viu outra onda se aproximando do penhasco. O pior da tempestade ainda estava por vir, o que significava que sua prioridade era levar a garota a um lugar seguro.

— Temos que nos afastar desta praia — Disse ele, afastando-se do mar. Ela continuou a lutar, mas ele ignorou, segurando-a com força enquanto caminhava em direção às colinas distantes. Ele sabia que havia uma aldeia a oeste, provavelmente a aldeia da garota, então, ele se dirigiu para o leste, onde seria menos provável encontrar mais humanos.

Ele deveria observar os moradores da Terra, não interagir com eles.

Assim mesmo, Arus não se arrependeu de ter salvado a garota. Quanto mais ele pensava sobre isso, mais se convencia de que ela se afogaria sozinha. E isso teria sido uma vergonha, porque ela era agradável de segurar.

Tão agradável, na verdade, que ele não podia deixar de imaginar como seria se ele a segurasse debaixo dele, seu pênis enterrado em sua carne quente e escorregadia.

— Aonde você está me levando? — A menina parecia em pânico. — Por favor, tenho que chegar em casa.

— Não se preocupe. Eu não vou te machucar. — Arus olhou para sua prisioneira. Sua pulsação rápida era visível na base de sua garganta, e sua excitação cresceu quando ele imaginou o sabor de cobre de seu sangue na sua língua. Ele tentou beber sangue humano uma vez antes, e a experiência foi sublime. Ele tinha a sensação de que com essa garota seria ainda melhor.

Parece que sua decisão havia sido feita.

— Onde você está me levando? — A menina perguntou novamente, sua voz tremendo. Ela não pareceu nem um pouco aliviada pelas palavras de Arus.

— Estou levando você para um lugar onde estará quente e segura. — Com certeza ela gostaria daquilo. Ele podia senti-la tremendo; o trapo áspero que servia como vestido estava encharcado e deveria estar congelando-a. — Você não deveria estar nessa tempestade — Continuou ele quando um relâmpago cortou o céu pela terceira vez em segundos.

— Vou ficar bem se você me deixar ir. — Empurrando seu peito novamente, a garota tentou se desvencilhar de seu aperto. — Por favor, ponha-me no chão.

Arus suspirou e acelerou, ignorando suas lutas insignificantes. Uma vez que ele a aquecesse e secasse, trabalharia num jeito de acalmá-la.

Ele não a queria assustada em sua cama.

CAPÍTULO TRÊS

Delia nunca tinha ficado tão assustada em sua vida. O deus, e ela agora tinha certeza de que ele era um deus, estava carregando-a sem qualquer sinal de cansaço, seus braços como bandas de ferro ao redor de suas costas e joelhos. Nem a chuva nem o vento pareciam retardá-lo; segurando-a contra o peito dele, ele estava andando mais rápido do que um homem mortal poderia correr.

— Por favor, ponha-me no chão — Implorou ela novamente, empurrando seu peito largo. Era inútil, como tentar mover uma montanha. — Por favor, eu sacrificarei uma cabra em sua honra se você me deixar ir.

Aquilo pareceu chamar a atenção dele. — Uma cabra? — Ele olhou para ela enquanto continuava andando. — Por que eu iria querer isso?

A respiração de Delia ficou presa ante o olhar intenso dele. — Porque você é um deus? — Apesar de sua certeza, suas palavras saíram como uma pergunta, e ela silenciosamente se repreendeu por soar tola. — Quero dizer, porque você é um deus e merece ser respeitado — Disse ela em tom mais firme.

Sim, assim era melhor. Certamente ele aceitaria uma cabra. Sua família não tinha condições de dar mais – uma já os deixaria sem queijo suficiente para o comércio.

Para surpresa dela, o estranho riu, o som profundo e genuinamente divertido. — Um deus? — Seus olhos sombrios brilhavam quando outro relâmpago dividiu o céu acima deles. — Você acha que eu sou um deus?

Delia piscou a chuva de seus olhos. — Você está dizendo que não é?

Ele riu novamente, o som se misturando com um estrondo de trovão, e ela sentiu seu ritmo acelerar de uma caminhada para uma corrida. Ele estava se movendo tão rápido que o chão parecia um borrão sob seus pés. Delia começou a sentir-se nauseada, mas não ousou fechar os olhos.

Ela tinha que ver aonde ele a estava levando.

Depois de alguns minutos, ela percebeu que ele estava indo para as colinas a leste de sua aldeia. Havia uma floresta lá. Talvez ele esperasse encontrar abrigo sob as árvores? Ela sabia que as árvores eram perigosas durante as tempestades, mas talvez elas não fossem perigosas para ele.

Talvez ele fosse tão imune à fúria de Zeus quanto às ondas no mar.

O que ele pretendia com ela? O estômago de Delia

se agitou, e ela sabia que era por causa da sua ansiedade quanto a velocidade de corrida do seu captor. O deus dissera que ela estaria aquecida e segura, mas ele a estava levando para longe de sua aldeia, longe de sua família e povo, que poderiam ajudá-la. As irmãs de Delia já deveriam estar preocupadas. Eugenia, a mais velha, notara o céu que escurecia esta manhã e dissera-lhe que não fosse procurar mexilhões, mas Delia estava decidida a recolher comida extra para o jantar daquela noite. Com cinco filhas para alimentar, sua família estava sempre lutando, e Delia tentava ajudar o máximo que podia.

Bem, tanto quanto podia sem se casar com o ferreiro, que começara a cortejá-la depois da morte de sua esposa no mês passado.

— Você deveria aceitar Phanias — Disse a mãe de Delia há duas semanas. — Eu sei que você não gosta do homem, mas ele é um bom provedor.

Ele também era velho, gordo e batia em sua última esposa, mas Delia não quis dizer aquilo. Sua mãe não se importava com essas pequenas coisas. Sua única preocupação era ter comida suficiente na mesa e ela acreditava que Delia – a mais bela de suas filhas crescidas – seria a chave para alcançar esse objetivo. Delia estava tentando adiar o inevitável, mas sabia que era apenas uma questão de tempo até o pai ceder às solicitações da mãe e fazer Delia aceitar a oferta de Phanias.

— Chegamos — Disse o deus, retirando-a dos seus pensamentos, e Delia viu que eles já estavam na floresta. Parando sob uma árvore grossa, ele a colocou de pé. — Devemos estar longe o suficiente da tempestade agora.

Ele ainda a estava segurando, suas mãos grandes em sua cintura, e a respiração de Delia ficou irregular quando inclinou a cabeça para trás para olhar nos olhos sombrios dele. Ela era uma das mulheres mais altas de sua aldeia, mas o estranho era muito mais alto. Com os dois de pé, o topo da cabeça dela só chegava ao queixo dele, e seu corpo nu era poderosamente musculoso.

Para seu espanto, Delia percebeu que o medo não era a única coisa que ela estava sentindo. Havia uma estranha sensação dentro dela, um acúmulo de calor que fez seu pulso aumentar e suas entranhas se revirarem de um jeito estranho.

— Por que você me trouxe aqui? — Ela tentou manter sua voz firme enquanto empurrava seu peito novamente. Sua carne era dura sob os dedos dela, sua pele suave e quente ao toque. Mesmo através de seu vestido encharcado, ela podia sentir o calor de suas palmas onde ele a segurava, e o pulsar estranho dentro dela se intensificou. — O que você quer de mim?

Para seu alívio, o deus a soltou e recuou. — Agora, quero que nós dois fiquemos secos e aquecidos. — Sua voz soou tensa, como se ele estivesse com dor. Antes que Delia pudesse se perguntar sobre aquilo, seu olhar pousou na parte inferior do corpo dele e ela ofegou pelo choque.

O estranho estava totalmente excitado, sua ereção

dura e volumosa se curvava em direção ao seu abdome definido.

Ofegando, Delia deu um passo para trás, mas ele já estava se virando. Estendendo um braço poderoso na frente, ele disse algo em uma língua estrangeira, e ela viu que ele estava usando uma faixa prateada ao redor de seu pulso. Ela abriu a boca para perguntar a ele sobre isso, mas antes que pudesse falar uma palavra, ouviu um zumbido baixo, quase como um zumbido de mil insetos minúsculos.

Assustada, Delia olhou para a árvore, mas o zumbido não vinha de lá. O som emanava de algum lugar na frente do estranho.

— Não tenha medo — Disse ele, virando-se para encará-la novamente, e seus olhos se arregalaram quando viu o ar atrás dele começar a brilhar. O brilho se intensificou, ficando mais claro a cada segundo, e, então, ela viu uma bolha transparente subindo atrás dele – uma estrutura que parecia um cogumelo feito de água.

— Isso é uma ferramenta que eu tenho, não é magia — Disse ele, observando-a, mas Delia sabia que ele tinha que estar mentindo. Seus joelhos começaram a tremer e ela recuou instintivamente, com medo de que a bolha a engolisse à medida que crescia. A casca úmida da árvore pressionou contra suas costas, fazendo-a parar, e ela se virou para correr, determinada a se afastar do deus com poderes tão assustadores.

Antes que ela pudesse dar mais de dois passos, seus dedos de aço se fecharam ao redor do braço dela, virando-a. — Não tenha medo — Repetiu ele, segurando-a, e ela viu que a bolha atrás dele não estava mais se movendo. Agora, era mais alto que ele e largo o suficiente para acomodar cinco pessoas.

— O-oque é isso? — Seus dentes batiam, e ela não tinha ideia se era do choque ou por causa da chuva fria e do vento. — C-como você...

— Shh, tudo bem. Vamos entrar e aquecê-la. — Envolvendo um braço musculoso em torno de seus ombros, ele a puxou contra seu lado e a guiou para a estrutura mágica. — Isso não vai te machucar.

Delia tentou ficar parada, mas era inútil. Ela não podia resistir a sua força mais do que ela poderia lutar contra uma correnteza. Num instante, ele a colocou em frente à parede de água – uma parte da qual se desintegrou quando se aproximaram, criando uma abertura considerável.

Delia congelou com puro terror, mas ele já a conduzia pela abertura. Assim que entraram, ela percebeu que não havia mais chuva ou vento.

Eles estavam protegidos pela bolha que o deus havia criado.

CAPÍTULO QUATRO

A garota humana estava tremendo tanto que Arus pensou que poderia desmaiar. Ele odiava aterrorizá-la assim, mas não conhecia outra maneira de tirá-la da tempestade rapidamente. Sua pele estava gelada quando ele a segurou contra ele, e ele não tinha dúvida de que a coitada sentia frio.

Fria e com medo da tecnologia que ela não entendia.

Soltando-a, Arus deixou-a se desvencilhar do abraço dele. Provavelmente não ajudava o fato de ele estar nu e com o pau duro, pensou ele ironicamente. Ele a ouviu ofegar quando seus olhos pousaram em sua ereção antes, e ele não teve nenhuma dúvida de que a evidência de seu desejo aumentava seu nervosismo. Ele tinha que acalmá-la, mas, primeiro, ele precisava ter certeza de que sua saúde não iria sofrer com essa tempestade.

Seu computador estava em seu pulso esquerdo,

então, Arus levantou o braço e ordenou: — Ajuste a temperatura para o nível de conforto humano.

Ele falou em Krinar, e pôde ver a garota ficando pálida quando as nanomáquinas voltaram a trabalhar, acelerando as moléculas de ar ao redor deles para criar calor. Ele gostaria de poder explicar sobre a tecnologia do campo de força e as micro-ondas, mas o povo dela sabia tão pouco sobre ciência que levaria meses para ensiná-la apenas o básico.

— Não vou te machucar — Repetiu ele, falando em sua língua. Ela não parecia nem um pouco reconfortada, os olhos arregalados e em pânico enquanto olhava para ele, e ele percebeu que não havia nada que pudesse dizer para acalmá-la.

Ele teria que pensar em outra maneira para isso.

Indo na direção da garota, Arus a pegou e se sentou no chão, segurando-a em seu colo. Ela endureceu imediatamente, suas mãos empurrando-o novamente, mas ele manteve o aperto gentil e não ameaçador, esperando que ela se acalmasse quando visse que ele não queria fazer-lhe mal.

— Está tudo bem. Você não tem nada a temer — Disse suavemente, acariciando seus cabelos enquanto ela tentava se esquivar de seu aperto. A sensação de seu traseiro se movendo em seu colo o estava dando mais tesão ainda, o que não ajudava em nada. Felizmente, depois de alguns minutos, ela pareceu se exaurir e diminuiu a luta, deixando-o acomodá-la mais confortavelmente contra ele.

— Eu sou Arus — Disse ele quando ela parou

completamente e olhou para ele, seu peito arfando com a respiração rápida. — Qual o seu nome?

— Ares? — Ela ficou tensa, seus olhos se arregalando novamente. — Você é o deus da guerra?

— Não. A-rus, não A-res. — Ele repetiu seu nome mais devagar, deixando-a ouvir a diferença. — Eu não sou o deus da guerra, eu prometo a você.

Sua esbelta garganta se moveu quando ela engoliu em seco. — Que tipo de deus você é, então?

— Eu não sou um deus — Disse Arus pacientemente. — Sou apenas um visitante de longe. Onde eu moro, todo mundo pode fazer o que eu faço.

Ela olhou para ele, e Arus sabia que ela não acreditava nele. Em vez de desperdiçar energia tentando convencê-la, ele perguntou novamente: — Qual é o seu nome?

A garota lambeu os lábios em um gesto nervoso. — Eu sou Delia.

— Delia. — Bom. Eles estavam fazendo progresso. — Você mora aqui por perto, Delia?

Ela assentiu, ainda parecendo cautelosa. — Minha aldeia é para o leste.

— Certo, achei que fosse. — Arus manteve seu tom casual, apesar de sua crescente fome. Ele não podia ver muito do corpo dela sob o vestido disforme, mas podia sentir suas curvas suaves e delgadas, e seu olhar continuou descendo até o pulso latejante na base de sua garganta. Agora que eles estavam fora da chuva, ele podia sentir o cheiro de seu delicado perfume feminino, e sua boca se encheu de água enquanto ele imaginava saboreá-la toda. Com esforço, ele afastou seus pensamentos do sexo. — O que fez você sair na tempestade hoje? — Perguntou ele, forçando-se a continuar a conversa que parecia estar acalmando-a.

— Eu queria pegar alguns mexilhões. — A menina, Delia, mexeu-se no colo dele, e ele sabia que ela deveria estar sentindo sua ereção pressionando-a. Não parecia assustá-la tanto quanto sua tecnologia, e Arus percebeu que tinha feito a coisa certa usando seu abraço para acalmá-la. A melhor maneira de demonstrar sua intenção não violenta era abraçá-la e deixá-la se acostumar ao seu toque, para que ela parasse de ter medo.

Então, ela o veria como um homem, ao invés de um estranho com poderes mágicos.

— Você está com fome? — Perguntou ele, voltando a acariciar seus cabelos. Mesmo úmidos da chuva, pareciam espessos e sedosos ao toque. — É por isso que você teve que sair neste tempo?

Ela piscou para ele. — Não, eu sempre pego mexilhões pela manhã. Minha família precisa da comida extra.

— Entendo. — Ele já imaginava que ela fosse pobre. Mesmo pelos padrões humanos, suas roupas feitas de maneira grosseira eram bem primitivas. — Então, sua família mandou você sair com este tempo?

— Não, minha irmã me disse para não ir, mas eu pensei que a tempestade não fosse piorar tanto.

Claro. Arus havia esquecido que seu povo não tinha como rastrear a tempestade e medir sua força. Tudo o que podiam fazer era olhar o tempo daquele instante e contar com quaisquer conhecimentos que os antepassados haviam reunido ao longo de sua curta expectativa de vida.

— Bem, você está segura agora — Disse à garota, cujo tremor estava finalmente diminuindo. Lá fora, a tempestade continuava, mas dentro de seu abrigo, a temperatura estava confortavelmente quente. — Nada vai te machucar aqui.

Ela olhou para a bolha transparente sobre suas cabeças, e ele percebeu o quão estranhas as paredes de escudo de força deviam parecer para ela. Quando voltou a olhar nos olhos dele, ele não ficou nem um pouco surpreso ao ouvi-la perguntar: — O que você é? De onde você vem, se não do Monte Olimpo?

— Eu venho de outro mundo, um planeta semelhante a este — Disse Arus, embora soubesse que a garota não entenderia. — É muito longe daqui.

— Outro mundo? — Ele sentiu um tremor passar por ela. — Como Hades?

— Não, não como Hades. — Arus acariciou suas costas em um movimento calmante. — É lindo onde eu moro. Muito verde e brilhante.

Ela deu-lhe um olhar confuso. — Por que você está aqui então?

— Porque eu queria ver o seu planeta — Disse Arus, observando seus lábios. Por alguma razão, aquela boca delicada e imperfeita continuava chamando sua atenção. — Seu povo me fascina.

— Fascinamos? — Sua língua saiu para umedecer os

lábios, o gesto inconscientemente sedutor e Arus sentiu seu desejo se intensificar. Seu corpo era agora macio e flexível enquanto ele a segurava, e havia mais curiosidade do que medo em seu olhar castanho.

Curiosidade e um vislumbre de calor feminino.

A percepção de que ela o queria – e o aroma inebriante de sua crescente excitação – fez sua virilha apertar. O ar ameno dentro de seu abrigo de repente pareceu quente, e sua pele arrepiou quando suas mãos se moveram em seu peito, suas palmas abertas na pele dele sem qualquer tentativa de afastá-lo.

Ela lambeu os lábios novamente, os olhos ficando sombrios e Arus não conseguiu mais se controlar.

Deslizando a mão no cabelo dela, ele abaixou a cabeça e reivindicou aquela boca tentadora com um beijo.

CAPÍTULO CINCO

PRESA NO ABRAÇO PODEROSO DO DEUS, DELIA SENTIU como se tivesse sido arrebatada pela tempestade. Quando Arus a pegara pela primeira vez, ela estava ansiosa demais para se concentrar em seu corpo nu, mas quando seu medo diminuiu, a pulsação desconhecida entre suas coxas voltou, e, com isso, uma intensa consciência dele como um homem atraente.

Um homem que a queria, a julgar pela grande ereção pressionando contra seu traseiro.

Delia era virgem, mas não era ignorante sobre a mecânica do sexo. Havia observado muitos animais se acasalarem, e sua mãe disse que era o mesmo para os humanos. Delia também sabia que não deveria acasalar com ninguém além de seu marido. Era uma regra que sempre pretendeu seguir – contudo, agora seu marido provavelmente seria Phanias. Ela não podia imaginar como beijar o velho ferreiro, e a ideia desse estranho exótico e poderoso levando sua virgindade era mais do que um pouco atraente.

Tão interessante, na verdade, que quando Arus abaixou a cabeça para beijá-la, ela afastou o medo e se deixou simplesmente sentir.

Seus lábios eram surpreendentemente macios ao tocarem os dela, e sua respiração era quente e levemente doce, como se ele tivesse comido recentemente um pedaço de fruta. Sua língua sondou entre os lábios dela e ela os abriu instintivamente. Ele imediatamente se aproveitou, sua língua varrendo a boca da jovem enquanto sua mão se enroscava no cabelo dela e a dor em seu íntimo se intensificou, transformando-se em uma tensão pulsante peculiar. Seus seios pareciam cheios e sensíveis, seus mamilos intumescidos como se tivessem sido excitados, e um calor líquido apareceu entre suas coxas quando ele aprofundou o beijo, quase a devorando com sua língua.

O gosto dele era doce e ligeiramente salgado, como se alguma água do mar estivesse nos seus lábios. A cabeça de Delia caiu para trás, cedendo à pressão de sua boca, e ela gemeu, suas mãos subindo para agarrar seus ombros fortes. O calor dentro dela cresceu quando ele se mexeu embaixo dela, seus braços apertando ao redor do corpo. Sua ereção era como uma barra de ferro sob seu traseiro e saber que ele a desejava tanto a emocionava quanto a aterrorizava.

Ela tinha ouvido que na primeira vez doía, e não estava ansiosa por sentir dor.

Ainda assim, essa preocupação não foi suficiente

para esfriar o fogo sob sua pele. Tudo dentro dela ansiava pelo toque de Arus. A necessidade por ele a consumia, fazendo-a se sentir como uma estranha em seu próprio corpo. Pela primeira vez, Delia entendeu por que Helena de Tróia arriscou tudo por Paris.

Se isso era paixão, não admira que guerras tenham sido travadas por causa disso.

Antes que Delia tivesse a chance de pensar, Arus a abaixou até o chão, esticando-a na grama ainda úmida. Ela conseguiu afastar sua boca tempo suficiente para inspirar fortemente, então, ele estava em cima dela, seu grande corpo bloqueando sua visão da tempestade furiosa lá fora. Ela ainda não entendia como uma parede transparente poderia protegê-los da chuva e do raio, mas quando ele voltou a beijá-la, ela perdeu toda a vontade de se importar.

Quaisquer poderes mágicos que o deus possuísse, sumiam ante o desejo que ele evocava nela.

Suas mãos estavam agora passeando pelo corpo dela, grandes, fortes e determinadas. Havia habilidade e experiência no toque dele. Ele não agarrou seus seios como o garoto que a beijou quando ela tinha dezesseis anos; em vez disso, Arus tateou seus pequenos montes através de seu vestido, seu polegar indo para frente e para trás sobre seus mamilos intumescidos enquanto se sustentava em seus cotovelos. Ao mesmo tempo, o joelho dele separou as pernas dela, entrando entre eles, e ela sentiu a coxa dele pressionar contra o seu sexo, colocando pressão num ponto que a fazia sentir-se quente e tonta. O desejo pulsante dentro dela se intensificou, e ela ofegou na boca dele, suas mãos agarrando-o enquanto a tensão dentro dela aumentava mais e mais.

— Sim, assim mesmo — Sussurrou ele, movendo os lábios para o ouvido de Delia. — Goze para mim, querida. — Sua coxa se moveu ritmicamente entre as pernas dela, esfregando contra o sexo através do material áspero de seu vestido, e a tensão dentro dela piorou. Ela podia sentir o calor da respiração dele em seu pescoço, e seu batimento cardíaco martelando nos seus ouvidos, sua visão diminuiu quando uma pressão pulsante cresceu dentro dela. Parecia que ela estava morrendo, como se algo dentro estivesse prestes a explodir. Assustada, ela gritou o nome do deus e, então, a explosão caiu sobre ela.

Toda a pressão que se acumulava parecia se soltar ao mesmo tempo, enviando um intenso prazer explodindo de seu âmago. Seus músculos internos entraram em espasmos repetidos e seus dedos dos pés se curvaram. Ofegando, Delia levantou seu quadril, buscando mais das sensações, mas o prazer já estava diminuindo, deixando-a ofuscada e sem fôlego.

Antes que ela pudesse entender o que havia acontecido, Arus saiu de cima dela, levantou-se e a pôs de pé. Ela ficou de pé, cambaleante, enquanto ele puxava seu vestido sobre a cabeça dela e deixava-o cair no chão, pondo-a nua e totalmente consciente do homem grande e excitado parado à sua frente.

— Espera — Sussurrou ela, mas ele já estava deitando-a no chão e cobrindo-a com seu corpo poderoso. Não havia barreiras entre eles agora, e o medo anterior de Delia retornou quando sentiu a dureza insistente da ereção dele contra suas pernas. Seus batimentos cardíacos aumentaram, ela colocou as mãos entre eles, as palmas empurrando o peito dele.

— Não tenha medo — Murmurou ele, sustentando-se num cotovelo. Ele deslizou a mão livre por seu corpo em uma carícia calmante, e ela viu que os olhos dele estavam tão negros quanto um céu da meia-noite, suas belas feições fortemente desenhadas. — Eu não vou te machucar — Prometeu ele, abrindo as coxas dela com seus joelhos.

Delia abriu a boca para dizer que era virgem, mas ele já estava tocando seu sexo, seus dedos infalivelmente encontrando o local que a deixara tão tensa antes. Estava ainda mais sensível agora, e ela podia sentir uma sensação estranha, escorregadia e quente dentro dela. Envergonhada, tentou se afastar antes que ele pudesse sentir sua umidade, mas seus dedos já estavam lá, separando suas dobras e entrando em seu corpo.

Era apenas a ponta de seus dois dedos, mas Delia recuou, a sensação de estiramento tanto desconhecida quanto dolorosa. Instantaneamente, Arus parou, olhando para ela.

— Qual o problema? — Ele soou preocupado.

— Eu... — Delia sentiu seu rosto aquecer com um rubor. — Eu nunca fiz isso antes.

Os olhos dele se arregalaram e, por um breve momento, ela pensou que ele iria libertá-la. No entanto, no segundo seguinte, sua mandíbula se apertou e ela viu um músculo pulsando perto da orelha dele. — Nunca? — Perguntou ele com voz rouca, e Delia balançou a cabeça, muito envergonhada para dizer aquilo novamente.

Ele olhou para ela, seu olhar estranhamente concentrado, e ela percebeu que a mão dele ainda estava em seu sexo, seus dedos posicionados na entrada de seu corpo. — Então, você é toda minha. — Havia uma nota sombriamente possessiva em sua voz. — Nenhum homem jamais tocou em você.

Delia mordeu o lábio. — Não — Ela ofegou quando ele empurrou um dedo nela. — Não desse jeito.

Suas narinas inflaram, e logo ele a estava beijando novamente, sua boca a consumindo com uma fome selvagem enquanto seu dedo pressionava mais fundo nela. A sensação era estranha, mas não dolorosa, e a tensão agora conhecida voltou quando o polegar encontrou o ponto sensível de antes. A umidade facilitou a invasão do dedo e, a seguir, Delia esqueceu todo o seu desconforto inicial, seu quadril balançando aos movimentos da mão dele.

Talvez ela tivesse sorte, e sua primeira vez não doesse nada.

CAPÍTULO SEIS

A vagina de Delia estava tão apertada em volta do seu dedo que Arus sabia que iria acabar machucando-a. A única maneira de evitar isso seria parar e deixá-la em paz, mas isso estava além de suas capacidades. O desejo que o controlava era sinistro e visceral, mais potente que qualquer coisa que já experimentara.

Ele queria possuir essa garota humana, reivindicá-la de todas as formas possíveis.

O desejo primitivo o surpreendeu, mas ele não conseguiu analisá-lo no momento. Sua pele estava queimando e seu pênis estava tão duro que doía. Ele precisava estar dentro dela, sentir sua carne firme e molhada ondulando ao redor dele. Sua boca era quente e doce enquanto ele a devorava com seu beijo, e o cheiro dela o deixava louco.

Ele tinha que fodê-la. Agora.

Juntando cada porção do seu autocontrole, Arus usou o polegar para levá-la a outro orgasmo, querendo que ela ficasse tão molhada e pronta quanto possível. Ela gritou, seus músculos internos se contraindo em torno de seu dedo, e ele aproveitou a oportunidade para pressionar um segundo dedo no seu canal estreito, preparando-a para ser possuída. Ela se enrijeceu sob ele, tremendo apesar de sua umidade, e ele sabia que não havia maneira de evitar causar-lhe alguma dor.

Erguendo a cabeça, ele afastou a mão, agarrou seu pau e alinhou-o com a vagina. — Sinto muito — Sussurrou ele, vendo o olhar dela atordoado pelo prazer, e antes que ela pudesse responder, ele começou a empurrar para dentro.

Delia gritou, empurrando o peito dele, mas Arus persistiu, sabendo que ele tinha que romper o hímen. Sua umidade interior ajudou, mas ela ainda estava incrivelmente apertada, seu corpo enrijecendo para resistir à sua penetração. Ele abaixou a cabeça, enchendo-a de beijos e sussurrando que tudo ficaria bem, que a dor diminuiria logo, mas ele podia ver que suas garantias não estavam ajudando. Ela soltou um grito de dor quando ele pressionou mais fundo, e apesar das bolas preparadas para explodir, ele parou quando sentiu a umidade em suas bochechas.

Ele a queria, mas odiava causar-lhe dor.

— Você quer que eu pare? — Ele se forçou a perguntar, apesar de tudo dentro dele se rebelar com a noção. Seu pau estava apenas metade dentro dela, e se ele já a estava machucando tanto assim...

Delia ficou parada, olhando para ele com olhos castanhos cheios de lágrimas, e ele viu que ela estava respirando de forma irregular, seu peito arfando enquanto suas mãos delicadas pressionavam contra o peito dele, como se tentassem segurá-lo.

— Você quer que eu pare? — Repetiu Arus, ignorando o pulsar do sangue em suas têmporas. Apesar da necessidade primitiva corroendo suas entranhas, ele não era um selvagem. Vivera mais de duzentos anos sem foder essa garota, e poderia sobreviver se ela o fizesse esperar.

Pelo menos, ele esperava que pudesse.

Para seu total alívio, ela moveu a cabeça de forma rápida e incerta. — Não — Sussurrou ela, piscando rapidamente. — Só que...

Arus não teve a chance de ouvir o que ela tinha a dizer, porque o último fio restante de sua restrição foi quebrado. Inclinando-se, ele tomou seus lábios em um profundo beijo carnal e avançou em um golpe impiedoso, rasgando a fina membrana bloqueando seu caminho.

Um calor apertado e úmido o envolveu, a carne dela apertando-o como um punho, e a espinha de Arus curvou-se quando um prazer agudo e estonteante disparou através dele, aumentando suas batidas ao limite. Ela estava além de deliciosa, além de perfeita. Era como se o corpo magro dela tivesse sido feito só para ele. Sentiu-se perdido nela, consumido pelas sensações, mas antes que pudesse ser completamente levado, ele sentiu algo salgado em seus lábios.

Suas lágrimas.

Elas o congelaram.

Erguendo a cabeça para olhar para ela, Arus se forçou a ficar parado e não empurrar. Ela estava tremendo, com o rosto banhado, e ele sabia que tinha que lhe dar tempo para se acostumar a ele, para se adaptar à invasão de seu corpo. Ele conseguiu se controlar por alguns breves momentos, até que o cheiro metálico do sangue de sua virgindade atingiu suas narinas.

Uma fome sombria e ancestral rugiu dentro dele, misturando-se com sua luxúria e intensificando-a. A força do instinto predatório era impossível de resistir. Gemendo, Arus baixou o rosto para o pescoço dela e sentiu pulsação nos seus lábios. Delia estava respirando rápido, ainda tentando lidar com a dor de sua virgindade perdida, mas seu corpo não era mais a única coisa de que Arus precisava.

Abrindo a boca, ele passou as pontas afiadas dos dentes na pele macia dela.

Seu sangue jorrou em sua língua. Quente, rico e com gosto de cobre, era um afrodisíaco mil vezes mais forte do que as versões sintéticas de Krina. Modificações genéticas haviam assegurado que seu povo não dependesse mais de sangue para sobreviver, mas a ânsia pelo efeito inebriante da droga resultante nunca havia desaparecido. Arus podia ouvir Delia gritando, sentir suas unhas cravadas na pele dele, e ele começou a perceber que a química calmante em sua saliva estava funcionando nela, que ela estava sentindo um pouco do prazer alucinante que o prendia em suas garras.

Esse foi seu último pensamento coerente. Tudo depois foi um borrão de êxtase violento, de gosto, aroma e sensação dela. Arus possuiu a garota implacavelmente, sem restrição, e ela correspondeu a seus impulsos selvagens com igual ânsia, seus membros delgados em volta dele enquanto ele a fodia por horas a fio. A felicidade que corria por suas veias o deixava incapaz de pensar ou raciocinar; tudo o que ele sabia era que ele tinha que possuí-la, mais e mais.

Quando ele finalmente saiu do corpo dela, exausto e satisfeito, o céu acima do abrigo estava escuro e limpo. Ele podia ver as estrelas, e sabia que a tempestade havia passado.

Era seguro deixá-la ir agora, exceto que ele não queria.

Arus queria manter Delia pelo resto de sua vida.

CAPÍTULO SETE

DELIA ACORDOU GRADUALMENTE, AS IMAGENS DE SEU sonho demorando-se em sua mente enquanto voltava lentamente à consciência. De olhos ainda fechados, ela sorriu, pensando em como nunca tinha tido um sonho tão sublime antes. Mesmo agora, seu sexo latejava agradavelmente pela memória de ter sido possuída delo deus, de seu poderoso corpo entrando nela enquanto ela se perdia no caloroso arrebatamento de seu abraço.

Houve dor também, ela lembrou, mas tinha acabado rapidamente. Sentira-se partida ao meio quando Arus entrara pela primeira vez, mas depois, ele fizera alguma coisa, tocara-lhe o pescoço de um modo inicialmente doloroso e a dor dissolvera-se, substituída por um êxtase inimaginável.

Por um prazer sexual tão intenso, apenas o pensamento fez com que suas entranhas se apertassem.

Ainda sorrindo, Delia se virou, relutante em

acordar completamente. Era incrível o quão vívido seu sonho tinha sido. A tempestade, o abrigo em forma de bolha feito de paredes transparentes, até mesmo o nome incomum do deus – ela nunca fora capaz de lembrar tantos detalhes de seus outros sonhos.

Esse sonho parecia real. Tão real, na verdade, que ela ainda podia sentir o cheiro masculino limpo da pele de Arus e a mão dele acariciando seus cabelos.

Espere um minuto. *Havia* uma mão acariciando seus cabelos.

Delia se levantou, os olhos arregalados e ela o viu: o deus com quem acabara de sonhar.

Exceto que não tinha sido um sonho, não poderia ter sido, porque ela não estava na cabana em ruínas de sua família.

Ela estava em uma cama estranha em um quarto com paredes de marfim, e estava nua na frente de Arus, que estava sentado ao lado dela vestido com uma roupa branca de aparência estranha.

Ofegando, Delia pegou o pedaço de pano mais próximo – um lençol que parecia incrivelmente macio quando a envolveu. Com o coração acelerado, ela pulou da cama e ficou boquiaberta com o deus, que a olhava com uma expressão ilegível em seu belo rosto.

— Onde estou? — A voz de Delia tremeu quando lançou um olhar frenético ao redor do cômodo. — O que é este lugar?

Tudo à sua volta era de cor marfim e não havia janelas nem portas. E a cama... Não, com certeza seus olhos estavam enganando-a.

A cama, que era apenas uma placa branca e plana, flutuava no ar.

— Você está na minha nave — Disse Arus, saindo da placa e indo na direção dela. Seus olhos escuros brilharam quando ele parou na frente dela, fazendo-a levantar o pescoço para olhá-lo. — Eu trouxe você aqui para que pudesse ter certeza de que não estava dolorida depois da noite passada.

Delia devia estar com as feições tão incompreensivas quanto se sentia, porque ele explicou: — Temos tecnologia de cura aqui.

— Oh. — Espantada, Delia olhou para ele. Agora que ele falou aquilo, ela percebeu que não havia a menor dor entre as pernas. Detalhes da noite passada continuaram a aparecer na sua mente, e ela se lembrou do quão dolorosa a abertura inicial da sua virgindade tinha sido, e como ele continuou empurrando dentro dela depois pelo que deve ter sido horas.

Por tudo que acontecera, ela deveria estar *muito* dolorida.

— Você me curou?

— Curei. — Erguendo a mão, Arus segurou o queixo com a palma grande, o polegar acariciando suavemente sua bochecha. — Eu não queria que você tivesse dor.

— Oh. — Delia exalou, tudo dentro dela reagindo àquele toque quente e reconfortante. Ela não sabia o que fazer, como responder à sua gentileza peculiar, então, finalmente, apenas disse: — Obrigada.

Os lábios esculpidos de Arus se curvaram num

sorriso. — De nada, querida. Você está com fome?

O estômago de Delia escolheu esse momento para roncar, e ele riu. — Parece que está.

———

ELE SERVIU uma comida que parecia ambrosia – uma mistura de algumas frutas desconhecidas, legumes e sementes, com um molho que fez as papilas gustativas de Delia gritarem de prazer. Ele pegou a comida diretamente de uma das paredes. Ela se abrira ao seu comando, entregando a comida que eles estavam se banqueteando enquanto sentavam numa mesa flutuante, que também havia saído de uma parede.

— Que tipo de navio é este? — Delia perguntou quando estava satisfeita. Ela não entendia a magia de Arus, mas isso não a apavorava mais como antes. Ficou claro para ela que ele não pretendia causar-lhe nenhum dano – e que ele devia ter vindo do Monte Olimpo, apesar das suas negações anteriores.

— É um navio que nos transporta entre mundos distantes — Disse Arus, e sua resposta respaldou a convicção dela. — As estrelas que você vê não são apenas pequenas luzes no céu; elas são sóis, como o que dá calor e luz à Terra. Esses sóis têm planetas como a Terra orbitando ao redor deles, e eu venho de um desses planetas. — Ele fez uma pausa, esperando por suas perguntas, mas Delia não tinha ideia por onde começar.

Tudo o que ela entendeu da explicação foi que o

navio dele o carregara até aqui das estrelas, o que significava que o Monte Olimpo era um lugar no céu, e não na montanha da lenda.

Arus suspirou, olhando para ela. — Você não entende, não é? — Um sorriso triste puxou o canto de sua bela boca. — Eu acho que deveria ter esperado isso. Eu gostaria de poder convencê-la de que nada disso é sobrenatural, que somos apenas uma civilização mais avançada, mas teria que aprender muito antes que isso fizesse sentido para você. Então, por enquanto, se isso a ajuda a pensar em mim como um deus, pode fazer isso.

Delia sorriu, estranhamente tranquilizada por suas palavras. — Você *é* um deus. O que mais poderia ser?

— Eu sou um Krinar — Disse ele, e ela viu seu rosto assumir uma expressão mais séria. — Delia — Disse ele baixinho —, há algo que eu gostaria de te perguntar.

Ela piscou. — O quê?

— Eu tenho que partir em breve. Ir para casa, para Krina.

O peito dela se apertou dolorosamente diante de suas palavras. — Claro — Ela conseguiu dizer —, você disse que é lindo lá e tem que voltar.

Arus assentiu. — Eu tenho e gostaria que você viesse comigo. — Antes que ela pudesse fazer mais do que olhar para ele, ele disse: — Eu sei que ainda sou um estranho, e que tudo sobre isso — ele separou as mãos num gesto amplo —, deve parecer diferente e assustador. Mas eu prometo que não vou te machucar, vou cuidar de você. Estará segura comigo.

Delia não conseguia acreditar nos seus ouvidos. — Você quer que eu vá com você? Para o mundo onde você mora?

— Sim, para Krina... ou Monte Olimpo, ou seja lá como quiser chamá-lo. — Arus estendeu a mão pela mesa flutuante. — É um lugar bonito, e se você vier comigo, eu posso prometer uma vida além de qualquer coisa que possa imaginar.

Delia ainda devia estar sonhando. — Por quê? — Ela disse em descrença. — Por que me levaria com você?

Arus levantou-se e puxou-a para ele, seu olhar se enchendo de calor carnal quando ele deu a volta na mesa. — Porque o nosso tempo juntos não foi suficiente para mim — Disse ele, puxando-a contra seu corpo duro e excitado. — Porque eu tive você e quero mais, muito mais. Quero que seja minha, então, eu posso tê-la todos os dias e todas as noites por um longo, longo tempo.

O pulso de Delia se acelerou, e um milhão de perguntas encheram sua mente quando Arus olhou para ela, sua ereção empurrando contra a barriga dela. Sua declaração contundente estava longe de palavras ternas de amor, e havia tantas coisas que ela não sabia sobre ele e o mundo que ele queria levá-la. Mas ele a estava dando uma escolha, e esse fato por si só ajudou a acalmar seu medo.

Ela poderia ficar e viver uma vida comum – provavelmente como a esposa do ferreiro – ou poderia seguir esse estranho lindo para um lugar misterioso no céu.

— E a minha família? — Ela perguntou quando o pensamento lhe ocorreu. — Eles precisam dos mexilhões e eu...

— Vou deixar para eles seu peso em ouro antes de irmos — Disse Arus. — Eles jamais sentirão falta de nada.

— Mas...

— Venha comigo, Delia. — Os olhos de Arus brilharam quando os braços dele se apertaram nas costas dela. — Sua família vai ficar bem, eu prometo. Venha comigo e deixe-me mostrar-lhe as maravilhas do meu mundo.

Ela olhou para suas características magníficas, lembrando como ele a salvou da tempestade – como ele a protegeu, alimentou, curou, e deu a ela mais prazer do que ela jamais imaginara ser possível. Ele estava certo: a família dela ficaria bem sem ela, melhor, na verdade. Mesmo sem o ouro, ela era uma boca extra para alimentar. E se Arus realmente lhes desse tanta riqueza, suas irmãs teriam a escolha de pretendentes em vez de serem forçadas a casar por desespero.

Foi esse último pensamento que solidificou sua decisão. Delia não tinha ideia do que aconteceria com ela se fosse com ele, como era seu mundo ou como poderiam viajar para as estrelas, mas, naquele momento, presa no abraço de seu deus, ela sabia que queria descobrir.

Era impensável, insano, delirantemente assustador, mas Delia deu um salto para o desconhecido e disse: — Sim, Arus. Eu vou com você.

AGRADECIMENTOS

Obrigada por ler esta história! Espero que tenha gostado.

Se quiser conhecer mais sobre Arus & Delia e aprender tudo sobre o mundo Krinar, você pode dar uma olhada nessas outras histórias da série:

- *A Trilogia de Mia & Korum* – três livros que retratam a história alguns anos após a Invasão Krinar
- *A Prisioneira dos Krinars* – livro volume único cuja história ocorre antes da Invasão Krinar

Se você gostou de *Arrebatada,* também poderá gostar desses outros romances dark contemporâneos de Anna Zaires:

- *Trilogia Perverta-me* – a história de Julian & Nora, um romance dark
- *Trilogia Capture-me* – a história de Lucas & Yulia, um romance dark

Livros em colaboração com meu marido, Dima Zales:

- *O Código de Feiticeira* – Fantasia épica

Se quiser ser notificado quando meu próximo livro sair, por favor, inscreva-se em minha lista no site www.annazaires.com/book-series/portugues/.

E agora, por favor, vire a página para um pequeno trecho de *Encontros Íntimos* e *Perverta-me*.

TRECHO DE ENCONTROS ÍNTIMOS

Nota da Autora: *Encontros Íntimos* é o primeiro livro de minha trilogia de romance erótico de ficção científica, as Crônicas dos Krinars. Apesar de não ser tão sombrio quanto *Perverta-me*, ele tem alguns elementos que leitores de erotismo sombrio poderão gostar.

———

Um romance sombrio que atrairá os fãs de relacionamentos eróticos e turbulentos...

No futuro próximo, os krinars governam a Terra. Uma raça avançada de outra galáxia, eles ainda são um mistério para nós — e estamos completamente à mercê deles.

Tímida e inocente, Mia Stalis é uma universitária na cidade de Nova Iorque que sempre teve uma vida muito comum. Como a maioria das pessoas, ela nunca teve qualquer interação com os invasores. Até que um dia no parque muda tudo. Tendo atraído o olhar de Korum, ela agora deve lidar com um krinar poderoso e perigosamente sedutor que quer possuí-la e nada o impedirá de tê-la para si.

Até onde você iria para recuperar a liberdade? Quando sacrificaria para ajudar seu povo? O que escolheria ao começar a se apaixonar pelo inimigo?

———

Respire, Mia, respire. Em algum lugar na parte de trás da mente, uma voz racional fraca continuava repetindo aquelas palavras. Aquela mesma parte estranhamente objetiva dela notou a estrutura simétrica do rosto dele, com a pele dourada esticada sobre as bochechas altas e o maxilar firme. As fotografias e os vídeos dos Ks que ela vira não lhes faziam justiça. Parado a não mais de dez metros de distância, a criatura era simplesmente deslumbrante.

Enquanto ela continuava a encará-lo, ainda congelada no lugar, ele endireitou o corpo e começou a andar na direção dela. Na verdade, ele lentamente a perseguia, pensou ela tolamente, pois cada movimento dele lembrava o de um felino da selva aproximando-se de uma gazela. Durante o tempo todo, os olhos dele não se afastaram dos dela. Ao se aproximar, ela notou pontos amarelos individuais nos olhos dourados claros dele e os longos cílios grossos que os envolviam.

Ela olhou com descrença horrorizada quando ele se sentou no banco dela, a menos de sessenta centímetros de distância, e sorriu, mostrando dentes brancos perfeitos. Nada de presas, notou ela com uma parte funcional do cérebro. Nem mesmo traços de presas. Aquele era outro mito sobre eles, como a suposta aversão pelo sol.

— Qual é o seu nome? — a criatura praticamente ronronou a pergunta. A voz dele era baixa e suave, completamente sem sotaque. As narinas dele tremeram ligeiramente, como se estivesse inalando o perfume de Mia.

— Ahm... — Mia engoliu nervosamente. — M-Mia.

— Mia — repetiu ele lentamente, parecendo saborear o nome. — Mia de quê?

— Mia Stalis. — Ah, droga, por que ele queria saber o nome dela? Por que estava lá, conversando com ela? De forma geral, o que ele estava fazendo no Central Park, tão longe de todos os centros dos Ks? *Respire, Mia, respire.*

— Relaxe, Mia Stalis. — O sorriso dele aumentou, expondo uma covinha na bochecha esquerda. Uma covinha? Ks tinham covinhas? — Você nunca encontrou um de nós antes?

— Não, nunca. — Mia soltou o ar rapidamente, percebendo que prendera a respiração. Ela ficou orgulhosa pela voz não ter soado tão tremula quanto se sentia. Deveria perguntar? Queria saber?

Ela tomou coragem. — O quê, ahm... — Ela engoliu em seco novamente. — O que quer de mim?

— Por enquanto, conversar. — Ele parecia que estava prestes a rir dela, com os olhos dourados cintilando ligeiramente nos cantos.

Estranhamente, aquilo a deixou furiosa o suficiente para acabar com o medo. Se havia uma coisa que Mia odiava, era que rissem dela. Com a estatura baixa e magra e uma falta geral de habilidades sociais que vinha de uma adolescência desconfortável envolvendo o pesadelo de todas as garotas — aparelho, cabelos crespos e óculos —, Mia tivera experiência bastante como alvo.

Ela ergueu o queixo beligerantemente. — Ok, e qual é o *seu* nome?

— É Korum.

— Só Korum?

— Nós não temos sobrenomes, não da mesma forma que vocês. Meu nome completo é muito mais comprido, mas, se eu lhe dissesse qual é, você não conseguiria pronunciá-lo.

Bem, aquilo era interessante. Ela se lembrou de ter lido algo parecido no *The New York Times*. Tudo certo até o momento. As pernas já tinham quase parado de tremer e a respiração voltava ao normal. Talvez, apenas talvez, ela conseguisse sair dali com vida. Aquele negócio de conversar parecia seguro, apesar de a forma como ele a encarava, com aqueles olhos amarelados que não piscavam, ser enervante. Ela decidiu mantê-lo falando.

— O que está fazendo aqui, Korum?

— Acabei de falar, estou conversando com você, Mia. — A voz dele, novamente, tinha uma ponta de riso.

Frustrada, Mia soltou um suspiro. — Eu quis dizer, o que está fazendo aqui, no Central Park? Na cidade de Nova Iorque em geral?

Ele sorriu novamente, inclinando a cabeça ligeiramente para o lado. — Talvez estivesse torcendo para encontrar uma garota bonita com cabelos cacheados.

Aquilo foi a gota d'água. Ele estava claramente brincando com ela. Agora que conseguia pensar um pouco novamente, percebeu que estavam no meio do Central Park, à vista de uma infinidade de espectadores. Sorrateiramente, ela olhou em torno para confirmar aquilo. Sim, com certeza. Apesar de as pessoas estarem obviamente passando ao largo do banco onde ela e o outro ocupante de outro mundo, havia várias almas corajosas mais adiante no caminho olhando para lá. Um casal estava até mesmo filmando os dois, cuidadosamente, com a câmera do relógio de pulso. Se o K tentasse fazer qualquer coisa com ela, em um piscar de olhos estaria no YouTube e ele sabia disso. É claro que ele podia ou não se importar.

Ainda assim, partindo do princípio que ela nunca vira nenhum vídeo de ataques de Ks a garotas universitárias no meio do Central Park, estava relativamente segura. Com cuidado, ela pegou o *notebook* e ergueu-o para colocá-lo de volta na mochila.

— Deixe-me ajudá-la com isso, Mia...

E, antes que conseguisse sequer piscar, ela o sentiu pegar o *notebook* pesado dos dedos subitamente moles, encostando gentilmente neles. Uma sensação parecida com um choque elétrico percorreu Mia quando ele a tocou, deixando as extremidades nervosas formigando.

Pegando a mochila, ele cuidadosamente guardou o *notebook* em um movimento suave e sinuoso. — Pronto, muito melhor agora.

Ah, meu Deus, ele tocara nela. Talvez a teoria de Mia sobre segurança em locais públicos fosse falsa. Ela sentiu a respiração acelerar novamente e, àquela altura, a pulsação estava bem além da zona anaeróbica.

— Eu tenho que ir agora... Adeus!

Ela nunca saberia como conseguiu dizer aquelas palavras sem hiperventilar. Agarrando a tira da mochila que ele acabara de soltar, ela se levantou depressa, notando em algum lugar no fundo da mente que a paralisia anterior parecia ter desaparecido.

— Adeus, Mia. Vejo você outra hora. — A voz suavemente zombeteira dele flutuou no ar fresco da primavera quando ela saiu, quase correndo com a pressa de se afastar.

———

Os três livros da trilogia Crônicas dos Krinars já estão disponíveis. Se deseja saber mais, acesse meu site em www.annazaires.com/book-series/portugues/.

TRECHO DE PERVERTA-ME

Nota do Autor: *Perverta-me* é uma trilogia erótica dark sobre Nora e Julian Esguerra. Todos os três livros estão disponíveis agora.

———

Sequestrada. Levada para uma ilha particular.

Nunca achei que isso poderia acontecer comigo. Nunca imaginei que um encontro casual na noite do meu aniversário de dezoito anos mudaria minha vida tão completamente.

Agora pertenço a ele. A Julian. A um homem que é tão implacável quanto bonito. Um homem cujo toque me deixa em chamas. Um homem cuja ternura é mais arrasadora do que sua crueldade.

Meu sequestrador é um enigma. Não sei quem ele é nem por que me sequestrou. Há uma escuridão dentro dele, uma escuridão que me assusta, mas que também me atrai.

Meu nome é Nora Leston e esta é minha história.

––––––––

Chegou o anoitecer e, a cada minuto que passava, eu ficava cada vez mais ansiosa com a ideia de ver meu sequestrador novamente.

O romance que eu estivera lendo não mantinha mais meu interesse. Eu o larguei e andei em círculos pelo quarto.

Eu estava vestida com as roupas que Beth me dera mais cedo. Não era o que eu teria escolhido para usar, mas eram melhores do que um roupão. Uma calcinha branca de renda *sexy* e um sutiã combinando, um vestido azul bonito abotoado na frente. Tudo me serviu perfeitamente, de forma muito suspeita. Ele estivera observando-me por algum tempo? Descobrindo tudo sobre mim, incluindo o tamanho das roupas?

A ideia me deixou enjoada.

Tentei não pensar no que aconteceria, mas foi impossível. Eu não sabia por que tinha tanta certeza de que ele apareceria naquela noite. Era possível que ele tivesse um harém inteiro de mulheres na ilha e visitasse cada uma delas apenas uma vez por semana, como os sultões.

Ainda assim, eu sabia que ele chegaria em breve. A noite anterior simplesmente abrira o apetite dele. Eu sabia que demoraria muito para que ele se cansasse de mim.

Finalmente, a porta se abriu.

Ele entrou como se fosse dono do lugar. O que, claro, era verdade.

Fiquei novamente impressionada pela beleza masculina dele. Com um rosto daqueles, ele poderia ter sido modelo ou ator de cinema. Se houvesse alguma justiça no mundo, ele seria baixo ou teria alguma outra imperfeição para compensar aquele rosto.

Mas não tinha. O corpo era alto e musculoso, com proporções perfeitas. Lembrei-me da sensação de tê-lo dentro de mim e senti uma onda indesejada de excitação.

Ele vestia novamente calça *jeans* e uma camiseta, desta vez, cinza. Ele parecia gostar de roupas simples, o que era inteligente. A aparência dele não precisava de realce.

Ele sorriu para mim. Aquele sorriso de anjo caído, sombrio e sedutor ao mesmo tempo. — Olá, Nora.

Eu não sabia o que dizer e falei a primeira coisa que me surgiu na mente. — Por quanto tempo vai me manter aqui?

Ele inclinou a cabeça ligeiramente para o lado. — Aqui no quarto? Ou na ilha?

— Os dois.

— Beth mostrará o lugar a você amanhã. Se quiser,

poderá nadar — disse ele, aproximando-se. — Você não ficará trancada, a não ser que faça alguma tolice.

— Como o quê? — perguntei. Meu coração bateu com mais força dentro do peito quando ele parou perto de mim e ergueu a mão para acariciar meus cabelos.

— Tentar machucar Beth. Ou machucar você mesma. — A voz dele era suave e o olhar hipnótico ao olhar para mim. A forma como tocava nos meus cabelos foi estranhamente relaxante.

Pisquei, tentando me livrar do feitiço dele. — E a ilha? Por quanto tempo pretende me manter aqui?

A mão dele acariciou as curvas em volta do meu rosto. Eu me vi recostando-me na mão dele, como uma gata sendo acariciada, e imediatamente endireitei o corpo.

Os lábios dele se curvaram em um sorriso. O idiota sabia o efeito que tinha em mim. — Muito tempo, espero — disse ele.

Por algum motivo, não fiquei surpresa. Ele não teria se dado ao trabalho de me levar até a ilha se quisesse apenas dar algumas trepadas comigo. Fiquei aterrorizada, mas não surpresa.

Reuni coragem e fiz a próxima pergunta mais lógica. — Por que você me sequestrou?

O sorriso desapareceu do rosto dele. Ele não respondeu, apenas me encarou com um olhar azul inescrutável.

Comecei a tremer. — Você vai me matar?

— Não, Nora, não vou matar você.

A negação dele me reconfortou, apesar de, obviamente, ser possível que estivesse mentindo.

— Você vai me vender? — Mal consegui pronunciar as palavras. — Para ser uma prostituta ou algo assim?

— Não — disse ele em tom suave. — Nunca. Você é minha e só minha.

Eu me senti um pouco mais calma, mas havia mais uma coisa que precisava saber. — Você vai me machucar?

Por um momento, ele não respondeu. Algo sombrio passou em seus olhos. — Provavelmente — respondeu ele baixinho.

Em seguida, ele se abaixou e beijou-me, com os lábios quentes e macios tocando nos meus gentilmente.

Por um segundo, fiquei imóvel, sem reagir. Eu acreditei nele. Sabia que estava falando a verdade quando dissera que me machucaria. Havia algo nele que me assustava. Algo que me assustara desde o início.

Ele não era nada parecido com os rapazes com quem eu saíra. Ele era capaz de qualquer coisa.

Eu estava completamente à sua mercê.

Pensei em tentar lutar contra ele novamente. Seria a coisa normal a fazer na minha situação. Um ato de coragem.

Mesmo assim, não fiz nada.

Eu conseguia sentir a escuridão dentro dele. Havia algo de errado com ele. A beleza externa escondia algo monstruoso.

Eu não queria libertar aquela escuridão. Não sabia o que aconteceria se fizesse isso.

Portanto, fiquei imóvel entre os braços dele e deixei que me beijasse. E, quando ele me pegou no colo e levou-me para a cama, não tentei resistir.

Em vez disso, fechei os olhos e entreguei-me às sensações.

———

Todos os três livros da trilogia *Perverta-me* estão disponíveis. Se deseja saber mais, acesse meu site em www.annazaires.com/book-series/portugues/.

Anna Zaires é autora *best-seller* do *New York Times* e do *USA Today* de livros de ficção científica e de romances eróticos contemporâneos. Ela se apaixonou por livros aos cinco anos de idade, quando a avó a ensinou a ler. Desde então, sempre viveu parcialmente em um mundo de fantasia, onde os únicos limites são os impostos pela imaginação. Ela mora na Flórida e é casada com Dima Zales, autor de ficção científica e fantasia. Eles trabalham juntos em todos os livros.

Para saber mais, acesse www.annazaires.com/book-series/portugues/.